KB108556

바보
상자

바보상자

발행일	2019년 12월 6일		
지은이	김용재		
펴낸이	손형국		
펴낸곳	(주)북랩		
편집인	선일영	편집	오경진, 강대건, 최예은, 최승헌, 김경
디자인	이현수, 김민하, 한수희, 김윤주, 허지혜	제작	박기성, 황동현, 구성우, 장홍석
마케팅	김회란, 박진관, 조하라, 장은별		
출판등록	2004. 12. 1(제2012-000051호)		
주소	서울특별시 금천구 가산디지털 1로 168, 우림라이온스밸리 B동 B113~114호, C동 B101		
홈페이지	www.book.co.kr		
전화번호	(02)2026-5777	팩스	(02)2026-5747

ISBN   979-11-6299-784-0 03810 (종이책)   979-11-6299-785-7 05810 (전자책)

(주)북랩 성공출판의 파트너

북랩 홈페이지와 패밀리 사이트에서 다양한 출판 솔루션을 만나 보세요!

홈페이지 book.co.kr   •   **블로그** blog.naver.com/essaybook   •   **출판문의** book@book.co.kr

김용재 시집

바보상자

북랩 book Lab

꿈을 찾기 위해서……

안녕하세요. 김용재입니다.

저의 어릴 적 꿈이자 평생의 소원이 시집을 만드는 것인데 비로소 꿈이 이루어지게 되었습니다.

저는 뇌병변 장애인입니다.

7살까지 제 의지로 한 발자국도 걷지 못했습니다.

우연한 계기로 8살 때 걷기 시작해서 9살 때 학교라는 곳을 가게 되었지만 수많은 아이들의 놀림을 당하고 괴롭힘 때문에 학교라는 곳이 매우 싫었습니다.

그러다 우연히 학교 도서관에서 김소월 시인님의 시집을 보게 되었습니다. 시를 한 편, 한 편 읽다 보니까 너무 아름답고 때로는 너무 슬퍼서 눈물이 나오는 감동을 받고 저도 쓰고 싶은 마음으로 여태껏 써 왔습니다.

저는 시를 괴롭고 외로울 때 많이 썼습니다.

그래서 보기에 좀 우울하고 슬픈 작품도 있습니다.

그런데 이것도 저의 인생이라고 생각합니다.

지금은 행복하게 살려고 노력하고 있습니다.

제 인생의 꽃은 이제부터 피기 시작했으니까요.

더 즐겁게 살아가기 위해서 잘 쓰기보다 열심히 쓰겠습니다.

그리고 저의 시집이 세상에 나올 수 있게 함께 노력해주신 신세계중랑장애인자립생활센터 센터장님을 비롯한 모든 선생님께 감사드리고, 특별히 후원금으로 큰마음을 모아준 허진옥 형님께 고마움을 표합니다.

마지막으로 많은 응원과 성원을 해주신 모든 분께 고개 숙여 진심으로 감사드립니다.

목 차

喜

(기쁠 희)

우주 괴물 할아버지

할아버지 할아버지
할아버지 얼굴은 우주 괴물 같아요
조카 아들놈의 말

나 그저 웃고 있는데
우주 정의의 기사 칼의 맞아
죽는 우주 괴물 역할

그래도 내 눈에는
하나밖에 없는
다섯 살짜리 손자일 뿐

첫 행복

행복 옛날에는 몰랐네
내 모든 것이 불행이고
말짱 도루묵 꽝이 된 인생
그렇게 죽을 때만을 기다리고 있었네

그런데 나에게도 살고 싶고
옛날 엄마와 같이 아무것도 모르고
뛰어놀던 강아지와 같은 그 시절처럼

나에게도 온 것 같습니다
지금
나는 무척 행복합니다

첫 번째 행복이라고 감히 말하고 싶습니다

喜

쌀쌀맞은 나의 가을 양

다시 오셔서 기쁩니다
넘 좋아서 떡 치고
한 상 가득 잔칫상을 차렸는데

넘 아름다워 눈도 못 뜨고
정신없이 그저 바라보기만
했을 뿐인데

가을 양의 아침 바람은 쌀쌀맞네

가을

가을이 가네
나의
마지막 가을이
모르게 가고 있네

빈껍데기만
얼어붙은 겨울나라의
남기고 하얀 연기처럼
담배 연기처럼 흘러간
마지막 가을을 위해 건배

흠

작은 풍선의 행복

나는 불행하지 않네
나는 아프지도 않네
작은 꿈이 있어 행복합니다

작은 풍선의 행복들이
모아서
더 큰 기쁨이 되었습니다

껍질만 남았다고 생각한
나에게
작은 풍선의 행복이 있었네

기쁘다 맥주 오셨네ㅋㅋ

캐럴이 온 거리 울려 퍼지고
남녀노소 할 것 없이
산타 모자 하나씩 머리에 쓰고

기쁘다 구주 오실 날
어제와 똑같은 시간만 보내고 있네
성당의 종소리만 오늘이
무슨 날인지 알려주네

그래서 난
오늘도 세계의 맥주가 땡긴다

흄

돼지 꿈

와! 로또 해야겠다
간만에 엄마 꿈을 꾸었다
엄마가 아기를 안고 있다
"엄마 그 애는 누구야?"
"자, 받아라."
내 가슴에 안겨주신다

그것 보는 순간 깜짝 놀랐다
새끼 돼지다

봄바람

그렇게 매서운 겨울의 한파도
살랑살랑 꼬리를 치면 오고 있는
봄바람에 숨어서 고개도 못 들고
도망쳤네

무서운 동장군의 매서운 기세도
이젠 저 멀 북쪽 나라로
쫓겨 가네

왔습니다 봄이
살랑 되는 처녀들 치마 바람처럼
우리들 코앞으로 왔네

喜

동료 상담

난 잘 몰랐습니다

아직도 모르는 게 더 많습니다
병신이니까 몰라도 돼

너 그저 가만히 있으면 돼

어른들의 말만 믿고 살아왔습니다

나 같은 장애인의 말을 들어 줄

같은 장애인 아니 같은 동료가 있다는 것

내가 어릴 적에는 미처 모르고 있었네

광복절의 하늘 눈물

기뻐서 너무나 기뻐서

눈물을 흐르고 계신가요

우리들은 그 기쁨을 잘 모르고

평생을 살아왔네요

우리의 할아버지 아니지

우리 아버지와 어머니께서

대한 독립 만세를 그토록 부르고 싶었던

노랫소리와 같은 한 맺은 그 소리로

우리들한테 당연히 쉬는 날로만

생각하지 말고 잃어버리지 말라고

하늘 눈물로 지금 보여 주고 있네요

喜

얼음왕국이여 이젠 안~녕

봄 처녀가 진달래꽃 왕관
머리에 쓰시고 제 넘어
입춘대길로 언제 쯤 오시려 하나

동장군님만 초대하는
얼음왕국의 여왕이여

봄의 신과 함께
정벌하러 가고 싶은 왕국이여

막걸리

먹고 있어도 또 먹고 싶은 술
어여쁜 처녀의 젖가슴과 같이
아름다운 맛으로 행복의 나라로
데리고 가는 술

땡전이 없어도
빈대떡 한 접시만 있어도
구름을 타고 천국으로 가는
세월의 나그네가 되는 술

喜

눈물도 없는 세상아

웃고 싶을 때 못 웃고
울고 싶을 때 못 우는 세상아
너는 바보가 되는 것을
싫다고 몸서리쳤지

하지만
웃고 싶을 때 웃고
울고 싶을 때 우는
나는 바보가 좋아

남의 상처를 보고도
좋아하고
남의 아픔을 보고도
기뻐하는
천재가 사는 이 세상보다
상처를 보고도 아파하는
바보가 되는 것이 더 좋아

喜

怒

(성낼 로)

불쌍한 한반도

말도 안 통하는 것도 아닌데
핏줄이 다른 것도 아닌데
왜 서로가 못 잡아먹어서
난리입니까

똑같은 언어와 단군 할아버지로부터
내려온 같은 핏줄인데
남과 북으로 한반도 허리를 끊어 놓고
살아온 것도 반세기

어디까지 가야 합니까?
전쟁 아니 전쟁 속에
한반도가 피눈물로 울고 있네
이제 그만하자

두 동강이 난 불쌍한
한반도를 위해서

국회 쇼는 이젠 그만

외면 받고 있는 줄 모르고 있네
국회에서 청와대까지

외면 받고 있는 곳
하늘 높을 줄 모르는 인간들이 사는 곳

국민들은 보지 못하고
싸움만 하고 있는 격투기 선수만 있네

선택받을 때에는 국민의 일꾼
선택받은 후에는 뒷짐만 지고 격투기만 있네

쇼는 이제 그만
참다운 국민의 일꾼은 언제나 되려고 하나?

怒

가을 양의 불장난

불이야 불이야

온 산이 불탄다

아니 온 나무가 불타고 있다

푸른 나뭇잎들이

어느덧 빨강불 노랑불로 불타고 있다

어떤 년놈들이 산에서 불장난을 쳤는가?

여름밤에 지친 가을 양과

아직 멀리 계신 겨울 도령님이

야밤의 산에 몰래 오서서

사랑의 불장난을 피우고 36계 줄행랑쳤나?

금뱃지

이런들 어떠하리 저런들 어떠하리
백성들 등 휘면 또 어떠하리
금뱃지 목에 달면 그만이지

좋으냐 좋으냐 금뱃지가 그렇게 좋으냐
백성들 눈에 피눈물이
보이지 않을 만큼 그렇게 좋으냐

4년 동안 목에 힘주고 다녀도
백성들 가슴에 피멍든 것을 보지 못하고
금뱃지로 뒷주머니 찰 연구만 하는 인간들아

높으신 양반들이여 아무리 높아도
하늘 아래 뫼인데 백성들 목숨줄 그만 조르고
큰 숨 쉬게 해줄 위인은 언제쯤 오시려 하나

바보상자

怒

지구야 미안하다

아파서 몸부림치는 것도
몰랐습니다
인간 때문에 하찮은 인간들 때문에
하느님께서 만드신 이 지구가
하느님께서 생명을 주신
인간들 때문에
병이 들고 아파서 울고 있습니다
백 년도 못 살면서 천년을 살 듯
무슨 욕심이 많은지
싸우고 죽이고 해야 속 시원할까요
하느님의 세상 아니 이 지구가
아프다고 몸서리치면서
지금 울고 있습니다

그래서
지구야 미안하다

지하철

모두 똑같다
사람과 인간들이
가만히 앉아서
눈과 손이 바쁜 좁은 공간

자기 앞에 누가 있든
무신경
스마트폰에만 관심이 있고
따뜻한 마음은 이젠 사라진 공간

바보상자

怒

인간 세상

더 이상

천사는 없다

막 가는 세상에

천사가 필요 있는가?

더 이상

악마도 없다

지옥보다 더 지옥 같은 인간 세상

악마도 무서워 도망가는 세상

대통령의 자리

대통령 청와대 5년 동안
단기 셋방살이 주제
그곳이 무엇이 좋다고
서로가 못 들어가서
야단법석 떨고 있는가

대통령 5년 동안 머리만 아프고
뜻대로 안 되는 그런 자리 놓고
피 터지면서 야단법석 떠는 사람들아
똑같은 고민으로 국민들 이마에
주름살만 만들어 놓고 있는 자리

怒

동장군님

장군님 장군님
고추보다 더 매운 동장군님

온 세상을 하얀 천국으로 만들고
얼음 지옥으로 만드신 장군님

백두산 호랑이도
무서워 벌벌 떨게 만드신

겨울나라에서 온
동장군님

야동보다 더 재미있는 뉴스

바보상자

재미가 없습니다
코미디도 게임도
그리고 인터넷의 야동도
모두 나에게
짧은 여름밤의 꿈처럼
재미가 없습니다

재미가 있습니다
흥미진진한 드라마
배경은 대한민국 국회
주인공은 대통령과 여당 야당
내용 미디어법을 놓고 피 터진 대활극
제목 오늘의 뉴스
저에게는 야동보다 더 재미있습니다

벌거벗은 미녀보다
오늘의 뉴스가
더 재미있는 이유는 무엇 때문

怒

이젠 봄의 왈츠는······.

이젠 봄은 없습니다
진달래꽃과 나비가 춤추는
아름다운 봄의 왈츠는 없습니다
1월에 매서운 한파를
4월까지 남기고 간 사람은
누구입니까?

인간 너희들은 누구입니까?
이 지구가 누구의 것으로 생각하고 있냐
피 흐르고 싸워봤자 너희는 그냥 인간일 뿐
수억 년 동안 지켜 온 봄의 왈츠 공연을
8월에 뜨거운 태양 속으로 공연금지 시키게 하는가

怒

哀

(슬플 애)

추억앓이

나는 왜
모두 아픈 추억뿐이 없습니까
이 세상에 태어나면서부터
뇌성마비라는 장애자의 추억
또래 아이들한테
바보 병신 놀림을 당했던 추억

저는 다
참을 수 있었습니다
하지만
사랑하는 사람들과 영원한 이별
그 가슴앓이는 어떤 약으로도
치료가 되지 못했습니다.

이제 그만
그만하고 싶습니다
더 이상 가슴 아픈 추억앓이는
다시는 하기 싫습니다

내 친구 바보상자

오늘의 할 일
친구와 놀기

친구야 어디 있니?
우리 같이 놀자

어린 시절 동무 그리운 친구는
아무도 대답도 없고 내 곁에 없네

딱 한 놈만이 대답할 뿐
저 혼자서 잘난다고 떠들어대던 놈

40년 지기 벗
내 친구 바보상자

哀

바
보
상
사

사랑앓이

사랑합니다 너의 눈물까지도
사랑합니다 나를 저주하는 마음까지도

울지 마세요 너의 이유 같지 않은 핑계로
나의 마지막 남은 사랑의 촛불마저 꺼지게 해놓고

울지 말아요
제발 울지 말아요

당신이 울 때 나의 바보 같은
사랑앓이는 더욱 아프게 재발합니다

바보상자

아침부터 나는 무엇을 하고 싶을까?
하고 싶은 일도 없고 해야 할 일도 없네
그저 바보상자만 눈에 들어오네

멍하니 보고 있을 때 내 눈에서
이유 모를 슬픔이 흐르고 있네
지금 바보상자 안에서
강호동이 나와서 웃음 포탄을 쏘고 있는데

지금
지금의 내가 불쌍하다고 생각이 든 이유는

哀

장애인

바보 병신 멍청이
내가 어릴 적 자주 들었던 소리
병신 주제에 너 못 해
바보 주제에 너 안 돼
그래서 나는 혼자가 제일 좋았네

하지만 저도 친구가 필요하고
외로울 때 소리쳐 울 수도 있고
아픔도 느낄 수 있는 보통 사람입니다
바보 병신이 아닌 당신들과 똑같은······.
그래서 이젠 혼자가 제일 싫습니다

배우지 말아다오

아기야 아기야
새벽부터 내 창가에 와서
소리 높여 울던

이슬 아기야

슬픔이 무엇인지
너는 배우지 말아라
삶의 고통이 무엇인지
제발 배우지 말아라

순백한 하얀 이슬
그대로 있어 다오
슬픔도 고통도 세상의 삶도
너는 배우지 말아다오

바보상자

哀

썬그라스

옛날 친구와 같이 간
뜨거운 여름의 해변
출렁출렁 되는 파도
빵빵한 가슴을 자랑하듯
아름다운 비키니 여인의 추억

썬그라스 넘어 보이는 세상
눈이 부시게 아름답지만
내 눈에 보이는 것
어둠의 추억으로만 상처 입은
색안경 밖에 밝은 빛의 아픔

가슴이 아프다

한 번만 울겠습니다
눈물이 하늘로 올라가서
천둥이 되도록 목 놓아 울겠습니다

지금 너무 가슴이 아픕니다
의사도 약도 없는 병
불치병의 가슴앓이가 재발했습니다

그래서
나 아프다고 소리쳐 보고 싶습니다
하늘 높이 울려 퍼진 천둥의 눈물처럼

哀

마징가는 죽었다

마징가는 죽었다.
내게 영웅이던 마징가는 이미
오랜 전에 죽었다.
어린 시절 보았던
정의와 평화를 사랑했던 마징가
내가 어른이 되는 순간 죽었다

어른이 되길 싫어했던 나는
어른이 되었고
꿈과 희망을 잃어버린 채
텅 빈 허공의 시간 속에
내가 그토록 사랑하고 되고 싶어 하던
마징가는
다시 살릴 수는 없겠지요

나쁜 놈의 사랑

용서해 주소서
당신을 아프게 해놓고
저에게 사랑은
더 이상 없습니다

두 손 모아 빌겠습니다
더는 아프게 하길 싫어요
당신이 아픈 것보다
차라리 나쁜 남자가 되겠습니다

더 이상 미련 따위 모두 버리고
내 그림자에서 벗어나
자유롭게 훨훨 날아가세요
그래도

그래도
당신의 숨결은 영원히
영원히 나쁜 놈의 것입니다

바보상자

哀

소원

저에게 소원이 있다면
돈을 벌어 부귀영화를
보는 것도 아닙니다
한오백년 걱정 없이
잘 사는 것도 아닙니다

저에게 마지막 소원을 주신다면
한 줌의 재가 되어
시냇물 따라 멀리 미리내로
이별가와 떠난 얄미운
님이 살고 있는 그곳으로
가고 싶을 뿐
아무 소원도 없습니다

선택한 사랑

그리운 님이여
어디 보고 계시나요
당신 때문에
아파서 죽고 싶은 심정인데

무정한 님이여
지금 웃고 계시나요
사랑 때문에
멍든 마음속에 묻고 싶은 심정인데

사랑하는 님이시여
내가 사랑할 수밖에 없는 이유는
멍이 들고 아파하였지만
내가 선택한 사랑은 하나뿐입니다

哀

새벽 님의 이별

아침이슬이 풀잎에 안기어
잠을 자는 새벽
나 홀로 눈물을 보이게 하나

새벽에 잠깐 오셨다가
눈부신 햇살 속으로 도망가는
이슬과 같은 님이시여

나 혼자 이별을 못 이겨
차가운 새벽 아기의 옹알이처럼
눈물을 술에 타서 마신다

헛수고만 하는 시계

바보 시계가 헛돌고 있네
내가 만든 고통의 세상에서
슬픈 공주님의 눈물을 보아도
항상 제자리로 돌아올 수밖에 없는
시간의 강물

앞으로 아니
미래라는 넓은 꿈의 바다로
보물섬을 찾아 아니
작은 희망을 찾아 떠나고 싶지만

나의
바보 시계는 지금
아픔 고통의 강으로
계속해서 돌아오는
헛수고만 하고 있네

哀

나는 객입니다

나는 객입니다.
이 세상이라는
양반집 사랑방에서
잠시 잠을 청하는
나는 객입니다.

나는 각설이
이 세상 삶의 배가 고파서
만석꾼 부잣집에서
잠시 끼니라도 청하러 온
나는 각설이입니다.

바다와 국화

바다가 보고 싶습니다
나 혼자만의 바다를
누구도 없고
슬픈 노래만 있는 바다

노래가 귓속에서 흐르고 있네
슬픈 바닷가와
쓸쓸한 하늘가을을 추억하고
있을 때 어디에서 들리네
인어공주의 마지막을 부르는
물거품의 노래

바다가 보고 싶다
하지만
그 바다는 멀리 하늘섬 멀리에 있고
내 앞에는 외로운 국화꽃
한 송이만이 남아서
하늘 가을을 지키고 있네

哀

장마 속의 태양

작은 님의 천사가 울고 있네
작은 고함으로
눈물도 보이지 않게 울고 있네

울고 싶다 하고 울어 보아도
메마른 하늘의 소리처럼
님의 모습은 보이지 않는 눈물

님이시여
천사와 같이 메마른 하늘에
조용히 오셨다가

또 그렇게
내 곁을 떠나고 싶어 하네
죽어서 장마 속에 태양과 같이

사랑 죄

무엇이 슬퍼서 울고 계십니까
무엇이 아파서 통곡하고 계십니까
사랑한다는 말이 고통이기에
울고 계십니까

사랑한 죄
당신 눈의 눈물을 흐르게 한 죄로
저는 추억의 감옥에 영원히 구속되는
무기징역을 선고받았네

哀

재방송은 없습니다

생방송뿐 재방송은 없습니다
이 세상 모든 프로그램이 다 있는
재방송이 없습니다
살다 보면 재미없을 때
편집을 하고 재구성도 해서
재방송을 하면 재미있고 좋을 텐데

하지만
이놈의 프로그램은 없습니다
막방까지 오로지 생방송
"인생"이란 제목의 드라마

마지막 잎새

산책로를 따라
걸음을 옮기고 있네
우연히 하늘을 보니
파란 물감으로 그린 그림
누구의 작품입니까?

10월에 마지막 가을이 가고 있네
불타는 여름에 무성하던 나뭇잎도
한 장 두 장 떨어져 땅바닥에 뒹굴고 있네
멀어져 간님의 마음 같은 나무

마지막 잎새라는 소설처럼
추억이라는 나무에 아슬하게
생명줄을 붙잡고 있는 낙엽
희망 아니며 떨어져 가는
또 하나에 고통일 뿐일까?

못다 한 이야기처럼
이제 막 시작된 겨울의 합창곡을
낙엽은 눈물로 부르고 있네

哀

담배

한 모금의 세월이
연기가 되어
입 밖으로 새어 나온다.

바람을 타고 미리내로
멀리 날아간 나의 꿈이여
한밤에 피었던 담배 연기처럼

한 모금밖에 없는 나의 삶이
연기가 되어 사라진 후 남은 것은
매캐한 고통뿐입니다

떠날 수 있다면

떠나고 싶다
이 지구 밖으로
너무 싫습니다
외롭게만 만든
이 세상 아니 이 지구가
나는 정말 싫습니다

나는 지금 당장
떠나고 싶지만
이 지구 밖으로
나갈 수 있는 방법을 모르고 있네

알고 있는 사람은 문자 주세요

哀

지나간 시간

작은 햇살이
조용히 눈을 부시고 있네
커피와 시와 음악이 있는 시간

마시면서 옛 추억에 취하고
보면서 옛 그리움을 생각하고
들으면서 아쉬움만 남은 시간

나에게 또…….
지금 이 시간은 무슨
의미를 남기고 지나가냐

마징가도 이미 고철

마징가가 되고 싶은
한 소년이 있었다
꿈속에서도 되고 싶어 했다
튼튼한 무쇠로 만든 몸
하지만 이미 지워진 망상

지금 나는 꿈속까지
절망 속에 푹 빠져
나오지 못하고 있는데
얼어 죽을 놈의
마징가처럼 희망은 개뿔 같은
희망

마징가도 이미 고철이
될 듯
나도 절망이라는 고물처럼
살다가 언젠가 가겠지

哀

한여름 밤의 눈꽃

사랑합니다
너무 사랑해서
너를 증오하는 마음도 보이지 않고
심장이 멈추어서 끝날 때까지
사랑합니다

증오합니다
내가 당신을 믿고 싶은 심장을
또 사랑할 수밖에 없도록
만든 내 운명을 증오합니다

그래도
사랑할 수밖에 없는 내 심장
포근한 한여름 밤의 눈꽃과 같은
따뜻한 얼음 심장의 소리

믿고 싶어요

언제가 피어있는

따뜻한 눈의 꽃을 보는

그 날이 올 것을 저는 믿고 싶어요

그것이 한여름 밤의 꿈일지라도

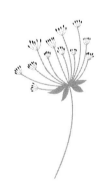

바
보
상
사

哀

내가 만든 울타리

혼자입니다.
오늘도
늘 혼자입니다
내가 만든 세상
내가 만든 울타리 속에서
늘 혼자 놀고 있어요

난 이 세상이 싫은데
또 올 수밖에 없는 운명
울타리 속에 앉아 책 바퀴를
돌리고 있네
무엇이 두려워서
밖으로 나와 보지도 못하고
무엇이 무서워서
자아라는 세상에서 나와 보려는 노력도
하지 못하고 있습니까?

그런데 어쩔 수 없네

이 울타리 속이

포근한 나의

안식처처럼 자리를 잡고 있습니다

哀

천하의 바보

아직도 하늘을 나는
꿈을 꾸는 난 바보

아직도 날 수 있다는 것을
믿고 싶은 나는 바보

천하의 바보
이루어질 수 없는 꿈을 품고 살아가는

나는 바보

봄비는 슬픈 엄마의 소식

먼 나라에서 슬픔이 옵니다
미리내 바다 넘어
슬픈 엄마의 눈물이 옵니다

봄비
희망 아니 생명의 탄생
흙으로 내려옵니다

그러나 저에게
봄의 소식통도
저승에서 병신 자식 걱정 때문에

병신 자식 생각에
가슴앓이로 울고 계신
슬픈 엄마의 소식

哀

봄은 아직 먼 곳에

개굴개굴
개구리는 우는데
누구의 봄은 아직도 동짓달

"추워서 죽겠다."
보통 인간들이
느낄 수 없는 추위

동장군도 못 이긴
외로움의 추위

무제 3

더 이상 착한 천사는 없다
더 이상 나쁜 악마도 없다

지금 나에게 남은 것
나쁜 천사의 잔혹한 눈물

나에게서 빼앗아가 버린 것
착한 악마의 슬픈 미소

哀

없었다

꿈
나에게는 꿈이라는 것
잠에서 깬 순간 없었다

희망
개뿔 같은 희망
나에게 태초부터 없었다

통곡의 침묵

느낌으로 느낄 수 있는 슬픔
하지만
나에게 슬픔조차도 메마른 우물

사랑의 통곡일지도 모르네
그러나
목이 메어 뜻 모를 옹알이뿐

아무리
소리쳐 통곡을 해도
목구멍으로 나오지 않는 통곡의 침묵

哀

소풍 가기 좋은 아침

햇살이 나를 깨우고 있네
이불을 박차고 일어났네
오늘도 날씨 한 번 끝내준다
맛있는 김밥 도시락 싸 가지고
멋진 슈퍼카에 이쁜 여자 친구 태우고
소풍 가기 좋은 날

하지만
나의 아침은 밤새 내리던 꽃비처럼
먹구름 속에 있네

목숨줄

생명 과연 귀한 것인가?

어렵게 목숨줄만 잡고

고통으로 살아도 귀한 것인가?

예수님 석가모니도 아닌데

목숨 줄을 어디까지 잡고 있어야 될까요?

만신창이 된 영혼

그만 고문하시고

편안한 안식을 주옵소서

哀

조퇴하고 싶다

학창 시절 몸이 아프면
조퇴했던 추억

지금
내 몸은 삶의 상처로 만신창이 됐어도

어디에도 하소연을 못 합니다
나 혼자서 아플 뿐

조퇴하고 싶다
내 인생의 조퇴를

뚱보를 엄마로 만든 무서운 세월

소꿉놀이 친구를
몇십 년 만에 보았네

뚱보라고 내가 약 올리던 아이
울면서 엄마한테 하소연했던 아이

그랬던 그 아이가
여자로 아니…….

지금은 옛날 나하고 소꿉놀이했던
그 또래의 딸내미와 같이 시장에 왔다

내 마음은 아직도…….
하소연하던 뚱보로만 보이는데

여자로 또 엄마로 변신시킨
무서운 세월이여

哀

ㅋㅋㅋ 웃고 싶다 ㅋㅋㅋ

하하 호호 헤헤
무엇이 재미있어
함박꽃이 피었네

흑흑 엉엉
나는 왜 여기서 또
울고만 있습니까

몰라 알 수가 없어
나만이 슬프고 아프지
오십 년 동안 연구해도 알 수 없네

창밖 너머 다른 세상과 버려진
술병 속에 인생

창문 너머 사람이 살고 있다
지하철역으로 열심히 뛰고
버스는 입에서는 사람을 먹고
뒷구멍에서는 쏟아져 나오고

열심히 살고 있어 좋은 곳

그런데
내 좁은 세계 우물 안 세상
어둡고 슬픔만 있네

나도 좋은 곳으로 가고 싶다
천천히 움직여보자
어제까지 먹은 내 인생 술병 속에 넣어

중랑천에 버리고……

哀

수면제

한 잔의 술을 마시고
가을 천사의 노랫소리에 취해도

나는 못 잡니다
오늘 또

향기로운 바람을 마시고
악마의 명약을 먹고

영원한 안식을 청한다

항상 제자리로 돌아가는 꿈

오늘 또 돌아왔네
끝없이 꿈을 꾸어도
늘 그래 왔던 것처럼
어디가 출발역이고
종착역인지도 모르고
빙글빙글 도는 장난감 기차처럼
인생의 스위치가 꺼지는 순간

알 수가 있겠지요
왜 제자리 돌아올 수밖에 없는
저의 모든 꿈을

哀

몸부림

말 이 춤을 추었습니다
신나는 디스코 음악 맞추어
때로는 조용한 부르스에 맞추어
하지만 나의 춤은
그저 세상의 대한 몸부림뿐
삶의 지친 작은 피에로의 춤

미소 짓고 있지만 슬픈 광대의 춤

놀이공원에서 본
웃기는 광대의 얼굴
뭐가 그토록 좋을까?
춤까지 추면서 사람들을
즐겁게 해준 광대의 얼굴

하지만 그 얼굴을
자세히 보는 사람은 아무도
아무도 없네요
미소 속에 눈물을
슬퍼서 울고 있는 어릿광대의 춤

바보상사

哀

와! 눈이다

와! 눈이다
지금 창밖에 하얀 천사가
오서서 하얀 천국을 만들었다

하지만
나에게는 검은 악마보다 더 무서운
백색의 지옥입니다

바람

창 너머로 보이는 것
나무뿐 아무것도 없네
하지만
조금씩 조금씩 보인다

나뭇잎들을 흔들고 있네
아무도 보지 못하고
느낄 수도 없는 슬픔
보았습니다 울고 가는 바람을

哀

가슴앓이

아! 가슴이 아픕니다
당신 두 눈의 고인 눈물 때문에

아! 마음이 아픕니다
당신의 마지막 눈물의 의미 때문에

이제 와서 용서를 빌어도
내 가슴의 남은 흉터가 너무 깊어 아픕니다

안녕!
이제 당신도 그 마지막 눈물만 남기고…….

아! 정말 가슴이 아픕니다
내 가슴앓이는 이제부터 시작인가 봅니다

허공 속의 비

어느 겨울 비가 오는 날에 허공
나는 무엇을 보고 있나요
눈물처럼 오고 있는 비를 보고 있나요

아니면
아니면 그냥 아무것도 없는
텅 빈 허공 속 눈물을 바라보고 있나요

哀

눈이 아닌 비 오는 크리스마스

하얀 성탄절
꿈에서 본 흰 눈밭 위를 달리는
빨강 코 사슴과 흰 수염 할아버지의 썰매

거룩한 아기님의 탄생을 축하 하듯
달달한 하늘 솜사탕이 내리는 꿈
하지만

하지만 지금 내리고 있는 것
외로운 사람들의 차가운 눈물처럼
하늘 눈물만 내려옵니다

술잔

빈 잔 속에
또 술이 가득
한 모금밖에 마셨을 뿐인데

너무나 슬픈 마음으로
아직도 아픈 가슴으로
인생이라는 술잔에
추억이라는 술이 가득 찼는데
내 마음은 너무 허무하다

또
마셔 버린 빈 술잔처럼

哀

풀지 못한 인생의 수학 문제

너무 어려운 문제입니다
내가 제일 싫어했던
수학 문제보다도
더 어렵습니다

풀어도 풀어도
정답이 없는 문제
삶의 공식은 있는데
인생의 정답은 없습니다

피타고라스도 풀지 못한 문제

나쁜 가을 양

가을 양은 이쁘다.
높고 푸른 하늘과 같은 마음씨로
울긋불긋 산과 들을
아름답게 변신시키는
가을양은 이쁘다.

가을 양은 나쁘다
남풍에 막혀 어렵게 오셨는데
풍요로운 세상 만들고 싶었는데
북풍에 쉽게 쫓겨 가는
가을 양은 나쁘다

바
보
상
자

哀

남자라면

남자라면 누구나 꿈꾸는 것
멋진 슈퍼카를 타고
온 세상을 누비는 꿈

남자의 꿈이라면
아름다운 세계의 미녀들과
하룻밤 뜨겁게 불태우는 꿈

지금
여기 있는 남자는 고장 난 고물차처럼
폐차 처분만 기다리고 있네

슬퍼하지 말아요

슬퍼하지 말아요
행복이 모두 죽어서
이 세상에서 사라진다고 해도
사라진 그 자리에
작은 사랑이 살포시
살포시 다가와 있을 테니

기뻐하지 말아요
이 세상 행복을 다 가지고 있다고 해도
행복 뒤에 숨은
나의 작은 슬픔은
아직도 보지 못하고 있으니까

哀

소나기

새벽부터 님의 소식이 오니
버선발로 뛰어나가 보니
보고 싶고 그리운 첫사랑의 님은
보이지 않고 내 마음의 깊은 멍 자국만
새겨놓고 십 리 밖으로 날아간 마지막 사랑님이
소나기가 되어 사랑방 넘어
잠깐 오셨다가 바람 따라
먹구름 따라 또 도망간
얄미운 님이시여

아픈 동화

울지 말아요
하늘이 밝아 오는 속에서도
혼자서 부를 수밖에 없는
인어공주의 물거품 되는 노래가 들려와도

슬퍼하지 말아요
솟아오른 새벽 태양 앞에서
풀잎 품속에 안기어
이슬아기의 슬픈 옹알이가 들려와도

아파하지도 말아요
아침이 되어 물거품과 한 방울 이슬이 되어도
밝아오는 한 줄기 빛 뒤에
숨을 곳은 없겠지요

哀

바보 꿈

우리 서로
믿고 싶었네
하늘과 바다가 만나는
수평선 멀리 꿈의 섬을

우리 서로
가고 싶었네
수평선 끝에 있는
보금자리의 하늘섬으로

바보의 꿈
그것으로 끝이다

기도

오직 하나밖에 없는
나만의 여인이여
사랑합니다라는 말이
부족할 뿐입니다.

미안합니다
당신을 위해서
아무것도 못 해 주니
내가 할 수 있는 것은
오직 기도뿐입니다

哀

나그네

산이 되기 싫어
바다가 되었네

바다가 되기 싫어
구름이 되었네

제자리에 있는 게 싫어
바다가 되고 구름이 되어도

가슴마저 지친 나그네
쉬었다 가라고 잡는 이는 아무도 없네

하루만 살고 싶습니다

단 하루만 살고 싶습니다.
병신의 몸이 아닌
꿈도 많고 하고 싶은 것도 많은 개구쟁이 시절
사춘기 때 방황했던 시절로
이 목숨 바쳐 나라에 충성하고 싶었던 시절로

단 하루만 살고 싶습니다.
바보의 꿈이 아닌
사랑하는 님과 백년가약 맺은
보금자리 만드는 사나이로
단정하고 행복한 가정을 꾸린
아버지의 미소로

그렇게 단 하루만
단 하루만 살고 싶습니다.

哀

하늘섬에 핀 눈물 꽃

밤하늘을 보았네
미리내 바다 멀리 보이는
작은 섬에 사는 더 작은 꽃
눈물처럼 흐르고 있네
누구의 눈물
하늘섬에 계신 울 엄마가
불효자식 걱정으로 흘린 눈물 꽃

봄 구경 가자

엄마야 봄 구경 가자
동구 밖으로 진달래꽃 왕관 쓰고
흰 구름으로 만든 꽃마차 타고

엄마야 같이 꽃구경 가자
논두렁 사이로 봄 내음이 흐르고
꽃향기 따라 나비도 정답게 춤추는데

병신의 빈껍데기만 남아서
또 이별을 부른 겨울 엄마의 노래처럼
보슬보슬 내리는 꽃비를 느끼고 있네

哀

然

(그리워할 연)

어버이날

푸른 5월의 하늘
흰 구름 한 점만 남쪽으로
흐르고 있네
가슴엔 빨강 카네이션꽃
달고 있는 사람들
그러고 보니 어버이날
주루룩 나의 눈에서 솟구치는 이슬
무엇이 슬퍼서 눈 이슬은 계속 솟구치는가

하늘나라에 계신 부모님
지금 저에게는 아무도 안 계시는데
효도는 부모님 생전에 계실 때 하는 것입니다
돌아가신 후에는 효도는 없고 불효만 있네

봄나들이

엄마야
꽃구경 가자
엄마야
봄나들이 가자

새봄이 왔습니다
따뜻한 봄이 왔습니다
하지만 내 마음속엔
아직 하얀 눈의 꽃이 피어 있는 겨울

어린 시절의 봄이 더욱
그리움으로 남는 것
손잡고 꽃구경을 같이 갈
엄마는 지금 내 곁에 없습니다

바보상자

然

생일

아무도 없는 생일
지금 내 생일
미역국도 생일 떡도
흐린 추억 속의 이야기
그래도
저는 행복합니다

간밤에 그렇게도
보고 싶은 엄마
꿈속에서 보았습니다

그래서
아무것도 없는 생일이지만
저는 행복합니다
멀지 않아 엄마와 같이 할
생일이 있어
저는 더욱 행복합니다

사무친 그리움

얼어붙은 내 마음
누가 녹여 줄까?
보고 싶고 보고 싶은
엄마는 어디에 있는지
그리움에 사무쳐
오늘 밤도 나는 울고 있네

울다가 지친 내 마음
누가 안아줄까?
내 옆에 항상 계시던
엄마는 하늘나라 별님이 되었는데
사무친 그리움
오늘 밤 또 나에게 술잔을 보이게 하네

然

천국은 부재중

꿈속에서 깬 새벽
무심코 핸드폰 폴더를 열고
"1009" 번호를 액정화면에
띄워보네
천국 엄마가 살고 계신 곳
"엄마. 엄마."
나도 모르게 입에서 나왔지만
허공 속에 허무처럼
천국으로 가지 못하고
미친놈의 말소리
미친놈의 목소리
허무의 공간 속에서
없는 번호이니…….
신호음만 잡히고 있네

지금 천국은 부재중

엄마

엄마는 하늘 위에 계시는데
꿈속에서 보고 있어도
보고픈 엄마
"곧 데리고 가마."
하시던 그 언약 벌써 잊어버렸는지
아니며 병신 자식 천국에
데리고 가서 또 고생하실까봐
오지 않고 계시는지
죽을 만큼 보고 싶은 나의 엄마

然

엄마 사진과 같은 세월

갑자기 엄마가 보고 싶습니다
그래서
아주 오랜 된 사진집에서
엄마 사진을 찾아보고 있을 때
내 두 눈에서 이유 모를
이슬방울이 뚝뚝

기억하고 기억하고 싶습니다
엄마 얼굴처럼
눈물로 잃어버린 세월
오랜 된 사진과 같이
다시
다시 찾고 싶습니다

然

잊을 수 없는 친구야

잊을 수 없네
어떻게 널 내가 잊어
차가운 병신의 마음을
녹여준 너

병신 바보 내 이름보다
더 많이 듣고 산 나에게
그래서
이 세상이 싫었고
나만 남겨 놓고 저승으로 떠난
부모님을 원망하며
피 흐르는 밤에 먹었던 깡 소주

하지만
너는 내 이름을 다정한 목소리로
불러주었네
나는 내 이름이 그렇게 슬픈 글자인 줄
모르고 있었네
내 두 눈에 알 수 없게 고인 이슬

그립구나 친구야 지금 보고 싶구나
너는 어디에 있는 거니

然

추억

추억
무슨 추억
나에게 어떤 추억이 있을까
태어나서 처음 먹어 본 엄마의 젖
처음으로 한 소꿉놀이에 주인공
이미 잃어버린 기쁨

추억
어떤 추억
중학교 때 반항심에 피웠던 첫 담배
고등학교 때 불만으로 먹어 본 소주
맵고 쓴 첫 맛의 추억
이미 흘러가는 시간의 꿈

아무리
"돌아와 줘." 하고 목 놓아 외쳐 보아도
돌아올 수 없는 꿈의 그림자여

노을

해가 불타고 있네
붉게 불타는
하늘만 남기고
서쪽 산 아래로 낙하하고 있네

나도 붉게 타고 싶네
타다가 지는 하늘처럼
하늘가 무덤 속 세상
모든 삶을 등지고

보고 싶은 엄마별이 있는 곳으로…….

바보산자

然

하늘섬

바다가 보고 싶습니다
하늘섬 멀리에 있는 바다
추억이 있어 행복하고
오랜 된 기억 속에 사진처럼
또 기쁨을 주었네
내 어린 시절 되고 싶어 했던
마징가와 태권V가 있는 그 하늘 섬으로

하늘이 보고 싶어요
햇빛으로 눈이 부시도록 아름다운 하늘
행복한 꿈나라와 어디로 든
갈 수 있는 하늘 기차를 타고
꿈속에서 본 우리 엄마가 있는 하늘 섬으로

떠난 후에

난
아직 당신을 모르고 있는데
당신은
저에 눈물의 의미를 알고 있어요

난
당신의 가슴을 느끼지 못하고 있는데
당신은
뻥 뚫린 내 가슴앓이에 의미도 알고 있어요

난
당신이 떠난 이유를 알지 못하고 있는데
당신은 이미 조용히 떠난 후에
눈물까지 알고 있네요

然

엄마의 느낌

엄마
부르고 싶습니다 하지만
이제는 희미한 기억 속에
단어

엄마
보고 싶습니다 하지만
이제는 먼 은하수 너머에
얼굴

나도 멀지 않아
엄마와 같이 살 수 있는 시간이
점점 가까이 와 있는 느낌

느낌
엄마의 느낌
서서히 느끼고 있습니다

재워 줄 나의 자장가

우리 아기 착한 아기
옛날 엄마가 부르던 자장가
오늘 밤 듣고 싶네
어린 시절 무서운 옛날이야기에
잠들지 못해도
어머니의 자장가만 듣고 있으면
어느새 꿈나라로 여행을 가는데

그 시절처럼 나를 재워 줄 자장가는
지금 어디로 갔습니까?

바보상자

然

먹고 싶은 추억

배고플 때 먹은 빵 하나
커피 한 잔과 같이 먹으면
더욱더 맛있는 소라 빵
하지만
먹어도 먹어도
허전한 외톨이의 배는 채워지지 못하고
그 옛날 엄마가 사 준
50원짜리 붕어빵 한 개가
더욱 그립습니다

지금 내가 먹고 싶은 것
추억의 단팥이 마음속
가득 담고 있는 붕어빵 하나

님의 하얀 이슬

님의 하얀 이슬

바보상자

똑똑똑
내 창을 노크하네.
하늘나라에서 온 님이
창문 넘어
하얀 눈물만 뿌리고
동트는 태양 속으로 떠나간다.

님아 그리운 님아
지금 어디에 계십니까.
아직 저는
꿈속을 헤매고 다니는데
하얀 이슬로 노크하시고
동트는 햇살 속으로 사라진
님이여

然

무제 2

하나둘 하나둘
징검다리를
조심조심 건너가신 엄마

"이 못난아." 하면서
빨리 따라오라는 듯
내 손을 잡아 주신 엄마

하나둘 하나둘
애태우면서 넘어가신
내 엄마 가슴 같은 징검다리

막걸리 한 잔

무엇 때문에
나는 또
한 잔의 의미를 느끼고 있네

아무것도 없는 술상
막걸리 한 잔과
라면 국물만 있네

하지만
그리움과 추억으로 만든
내 인생 최고의 안주

추억으로 만든 빈대떡 한 접시

然

꼭꼭 숨어 버린 시절

꼭꼭 숨어라
머리카락 보인다
내가 듣고 싶은 소리

"아이스 께끼."
"어머 야, 용재 너~엉."
보고 싶은 내 짝꿍의 화난 얼굴

아직도 그때 그 시절
동무와 같이 뛰어놀던 그 골목인데

숨바꼭질하던 삼총사도
내가 좋아했던 화난 짝꿍의 얼굴도
어디에 꼭꼭 숨어 있는지

못 찾겠다 꾀꼬리

깽깽이 발로 나와라

내가 찾고 싶은 시절로

나 돌아갈래

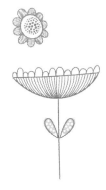

然

별이 된 죽마고우

작은 대나무 아래
한 아이가 울고 있네
종이로 만든 풍선이
손에서 떠나
친구 따라 별이 되었네

대나무 말을 타고 놀았던 친구
바닷가의 미리내처럼
수없는 추억들
별빛의 껍데기 상처만 남기고 있네

님

웃지 마세요
그대의 잔인한 미소를
누구에게도 보이고 싶지 않네요

울지 마세요
아름다운 눈망울의 슬픈 이슬
나에게 치료할 수 없는 천국의 상처

하늘나라에 별이 된 님

오늘 밤 더욱 아리아리한 마음은
그리움으로 그린 그림의 흉터

然

인간 냄새

너무 그리워서
나도 모르게 세상 밖으로
뛰쳐나왔는데

너무나 맡고 싶어
나도 모르게 큰 숨을
쉬었지만 나오는 것 한숨

아 함!
내가 진짜로 맡고 싶은 것
꽃향기와 같은 여자 향수가 아닌

땀 냄새가 풀 풀 나는
진짜로 정말로
내 엄마 향기와 같은 냄새

하늘 기차

맑은 하늘 구름만 두둥실 떠 있네
맛있는 솜사탕처럼
햇빛아기가 먹다가 버린 것처럼

구름과자 맛이 있겠다
나도 하늘 기차 타고
어린 시절로 가서 햇빛아기와 같이

솜사탕에 달달한 옛날의 그 맛
추억을 다시 느끼고 싶네

바보상자

然

사진 속 너의 모습

우연히 아주
오랫동안 간직하고 있던 앨범
시간 속에 흐르는 옛사랑의 그리움

가슴이 불타고 있네
뜨거워진 이별의 사랑
미소를 짓고 있는 추억 속 사진

우리 둘이 같이
찍은 세월의 흔적처럼
오래된 앨범 속의 너

우리 똥강아지

옆집에서 강아지가 짖네요
옛날 엄마가 나를 부르던 별명이 생각이 나네
학교 갔다가 오면 항상
"우리 똥강아지 이제 오냐."
어릴 적에는 제일 듣기 싫었지만

지금은 가장 듣고 싶은 소리
다시 돌아가고 싶은 추억의 바람 소리

然

태권V은 어디로 날아갔습니까?

긴 밤 꿈속에서
같이 놀았던 내 친구
로보트 태권V

꿈동산과 우주 멀리 은하계를
같이 날아서 갔었는데
보고 싶은 엄마도 만나고 좋았는데

영원히 자고 싶다
꿈에서 깨기 싫었는데
"꼬끼오" 아침을 깨우는 자명종 소리

지금 태권V는 어디로 날아갔습니까?

무제

사랑합니다
이 하찮은 목숨마저
버릴 수 있어도 좋은 만큼

행복합니다
천국에서 내려온 하늘 기차를 타고
내 사랑과 함께 여행하는 꿈을 꾸는 시간

그러나 이미
하늘 기차에는
내 사랑만 태우고 떠난 후

내 모습도 내 그림자조차
어디에도 찾을 수 없고
두 눈에 슬픔이 가득한 채 빈 의자만

빈 의자만이
내 사랑 옆에서
내 모습을 그리고 있네

바보상자

然

12월의 마지막

어느덧 크리스마스도
갔습니다
이제는 진짜 마지막으로
달리고 있네요

쏜 화살과 같은 게 세월이지만
12월의 마지막을 또 보고 있네
매년 보고 있지만
아쉬운 마음뿐

가는 세월이 있어야
개뿔 같은 희망이 있는
모든 사람의 복 많이
받는 새해도 오고 애들한테는
엄마한테 곧 빼앗길 용돈도 생기고 좋잖아

주막

기뻐서도 때로는 슬퍼서도
내가 가고 싶은 곳을
지금은 생각이 나지 않습니다.
새벽부터 새벽까지
무작정 걸어 보아도

발길이 저절로 향한 곳은
세월의 떠돌이가 떠돌다가
인생의 막걸리 한 잔과
무거운 발길 쉬었다가 가는
추억이라는 이름에 주막뿐

바보상자

然

여행을 떠나고 싶네

오늘 밤 모든 것을 벗고
떠나고 싶네
그리움의 지쳐 있는 몸
보고픔
엄마와 같이 여행을 떠나고 싶네

꿈
새벽의 꿈 깨우지 말아라
보고픈 엄마와 같이
하늘바다 멀리 있는
하늘 섬으로 가는 배

하늘섬 가는 배를 타고
즐거운 노래를 부르면
여행을 떠난 후에도
새벽의 태양이여
제발 깨우지 말아라

사랑은 맥주 거품

사랑 웃기는 소리
애태우며 떠나는 님
그리워서 말없이 고이 보낸 님

지금은 없습니다
님 떠난 자리 위에
울어줄 사랑

그리워서 죽고 못 산다고 해도
한 번 떠난 마음은
맥주 거품처럼 사라진다

이야기 못다 한
인어 공주의 사랑 거품처럼

然

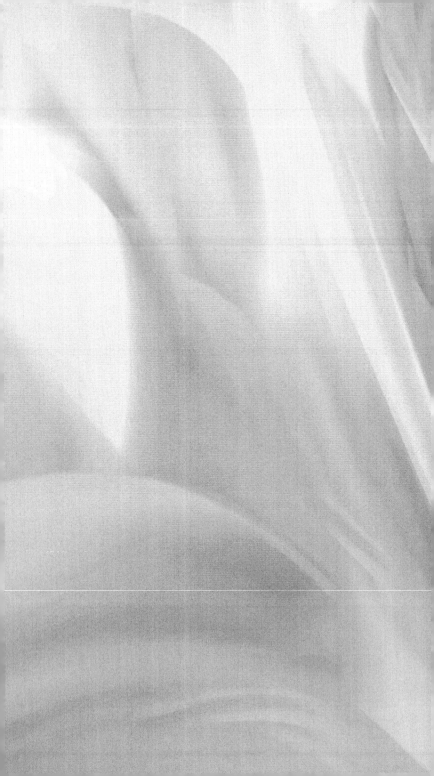

望

(바랄 망)

아직 가슴만은

모든 것을 포기했다고
마음뿐
너의 가슴은 아직도

너는
마음과 가슴은 따로따로
이미 포기 상태
하지만 가슴은 아직

아직
가슴만은 뜨겁다.

피 끓은 황혼

청춘만이 피 끓을 법이라도 있습니까?
나 같은 중년도 피가 있고
나이 지근한 어르신도 피가 있는데

꿈이라도 좋다
나도 청춘을 불태우고 폼 나게 살자
뜨는 해보다 지는 해가
더욱더

더욱더 붉게 타는 법

望

천천히 가자

젊음아 청춘아
우리 다 같이 가자
너희들만 내 꿈보다
먼저 앞장서서 가면
내 모든 것이 물거품 인생

세월이여
너무 급할 필요가 있냐?
이젠 천천히 가도
저승 문 앞까지 다 왔는데
좀 쉬었다가 가자

고스톱 인생

인생은 한 방

뭐 웃고 울다 보면

가는 게 세월이고

세상만사 스톱은 없습니다

무조건 가는 세월

근심하면 뭐 하냐

또 걱정하면 내 머리만

깨지는 것 인생은 무조건 고~3(쓰리)고

望

남자의 가슴은 항상 첫사랑

나이를 먹어도
남자라면 꿈꾸고 있는
멋진 슈퍼카를 타고 세계를
누비고 세상 미녀들과
뜨겁게 하룻밤의 사랑

하지만
진짜 남자의 가슴은
초가집에 살아도
첫사랑과 백년해로
같이 삶을 보내고 싶은 마음…….

내 나이

나도 나이를 먹었다
쉰 살 인생
외로울 것만 빼고
나도 편안한 인생

사랑 달콤한 맛도 알고
이별 그 쓴 눈물의 맛
행복과 슬픔으로
피 터지면 싸웠던 고통의 맛도 보았네

아무것도 필요 없는 삶이라고 생각했지만
아직 절반의 인생이 남아서
내 앞에서 기다리고 있네
유행가 제목처럼 "내 나이가 어때서"

望

슬픈 가요

너무 슬픈 가요
울어도 소용없겠지만
마음껏 소리 내어
통곡하세요

너무 슬픈 가요
통곡을 해도 메마른 우물처럼
눈물이 안 나오면
맘껏 웃으세요

미친놈처럼 웃다 보면
동치미 먹은 것과 같을 테니……

어떤 바보

울고 싶을 때 울어라
또 웃고 싶을 때 맘껏 웃어라
어떤 바보처럼 살지 말고

어떤 바보처럼

望

아픔의 행복

아파서 행복합니다
배고파서 나는 행복합니다

아픔 그 고통을 느낄 수 있는 것
살아서 숨 쉬고 있다는 증거

배고픔을 느낄 수 있는 것
마음 한구석에 아직 살고 싶다는 의지

시(詩)

시(詩)는 마음의 눈물

마음앓이로

죽을 만큼 아픈 노랫말

시(詩)는 희망

절망으로 죽을 만큼 아플 때

조용히 나에게 와서 약이 된 노랫말

望

전동 휠체어

아이들한테는
장난감 자동차와 같아서
타고 싶고 가지고 싶은 물건

어떤 이들한테는
그저 불쌍하고 안타까워
마음 아파하는 물건

간절한 사람한테는
세상과 소통의 도구
두 발이 되어 주는 물건

기도하게 하소서

내가 아플 때 어디로 갑니까?
이미 병든 몸
죽을 만큼 괴로운 가슴

울고 싶을 때
눈물 흐르게 해 주세요
맘껏 소리쳐서 강물이 되게 하소서

병든 몸으로 무엇을 할 수 있을까?
슬피 울려 퍼진 성당 종소리와 같이
내 의지로 할 수 있는 것

오직
기도뿐
기도하게 하소서

바보상자

望

승리

백전백패
내 성공이 아무리
노력을 해도 실패뿐

단 1승만 하자
나도 승리의 맛을 보면서 살자

내 인생의 승리를

나의 못다 핀 꽃 한 송이

대한민국에서 태어난 나
어린 시절 병신이라는 소리를
내 이름보다 더 많이 듣고
산 지도 이젠 반세기

언젠가는 들을 수 있는 날도
온다고 믿고 싶었던 마음
반드시 온다 이 대한민국에서
내 이름을 병신보다 더 많이

듣고 살 날도 언제가 오겠지
그것이
한낱 꿈의 꽃이라도
못다 핀 꽃이라도 피는 날이 오겠지요

望

혼술

친구도 없습니다
사랑하는 여인도 없습니다

그래서
나는 너무 외롭습니다

저 멀리 가버린 행복을 찾아
떠나고 싶지만

어쩔 수 없네요
인간의 본능은

나도 살고 싶은 욕구는
그래서

그래서 지금 나는
먹고 있습니다 혼술을

바람은 좋겠다

바람은 좋겠다

바람이 부는 대로 구름 친구

낙엽 친구 모두 데리고 소풍도 가고

나도 바람이면 좋겠다

어디론지 내 마음대로 이 세상을 데리고

떠돌다가 아무도 몰래 사라지는 방랑자처럼

삿갓 하나 쓰고 떠나고 싶네

그래서

바람아! 너는 행복하겠다

望

비가 오네

창 너머로 보이는 상봉역
우산으로 얼굴을 감춘 미니스커트의 여인
낭만과 외로움을 동시에 보이네

소리도 없이 내린 가을비
나도 우산 속에 얼굴을 묻고
낭만과 추억을 따라서 어디론가 떠나고 싶네

그래도 나는 살고 있습니다

사랑 슬픕니다.
가슴앓이 첫사랑도
마음 태우고 놓아야만 했던
나의 마지막 사랑도

이별 아픕니다
정말 사랑하던 님인데
행복한 미소로 보내주고
혼자 먹었던 피눈물의 소주
모든 것을 하늘 섬으로 데리고 간
하느님을 원망했다

그래도 나는 살고 있습니다

바보상자

望

바른생활

나의 어린 시절 때부터 과연 바르게
살아 왔을까?
개구쟁이였던 나
나를 놀리던 애들은 반드시 돌멩이로
맞히는 나
여자애들 치마 속이 궁금해서
아이스 께끼를 했던 나

중학교 사춘기 때 세상의 불만으로 밤거리를
싸돌고 있었을 때 먹고 피우던 술과 담배
이렇게 살아왔던 나

이딴 놈이 지금은…….

통일

역사가 이루어졌다
아니지 우리의 소원이
이루어지기까지
이제 한 발자국의 그림자만 찍힐 뿐

위대한 선택이 아직 남아 있다
남북 모두 백성들이 하하 호호
웃는 날 돌아가신 부모님이
생전에 한 맺힌 눈물로 노래를 부르던 날

그것 발자국도 아니고
그림자만 보아도 기쁩니다

望

혼신의 힘으로 꿈을 던져라

부제 : 보치아

하얀 목표가 저기 있네
우리의 성공을 위해서
빨간 공 파란 공을 던진다

조금만 조금만 더
가까이 더 가까이
꿈을 던져라

혼신의 힘으로
희망을 던져라
눈앞에 길이 보일 테니

희망

다시 태우고 싶네
비에 젖고 바람이 불어도
꺼지지 않은 마지막 희망

보고 싶네
모진 태풍에도 살아 있는
희망의 불꽃

저에게
기적을 믿게 해주소서

望

나는 객입니다

나는 객입니다.
이 세상이라는
양반집 사랑방에서
잠시 잠을 청하는
나는 객입니다.

나는 각설이
이 세상 삶의 배가 고파서
만석꾼 부자 집에서
잠시 끼니라도 청하러 온
나는 각설이입니다.

나에게 남은 마지막

너무 슬픈 때에는
맘껏 울게 하소서
나에게 마지막 남은 것
울어도 넘치는 눈물뿐

가슴앓이로 아파할 때
기도하게 하소서
내가 가지고 있는 것
못다 한 아픔의 기도뿐

보고 싶던 옛 님에게
한 마디 하소연하게 하소서
달콤했던 그 추억들이
아침이슬처럼 지키고 싶어 했던

마지막을 위하여

바보상자

望

새벽의 나그네

새벽바람 속으로
걸어갔어요
아무런 목적도 없고
또 어디로 가는 이유도 모르는 채

새벽바다 위에
흰 종이로 만든 배를 띄웠네
돛도 없고
방향키도 없는 종이배

아침이슬과 같은 운명
먼동이 밝아 오는 태양
그 속으로 여행하고 싶네
괴나리봇짐을 멘 옛 나그네처럼

옛 나그네처럼

응원글

김효성 : 용재야! 힘겨운 인생 여정이지만 시와 벗하며
꾸준하게 나아가기 바란다.

임진아 : 용재 님의 시집출판을 응원합니다. 앞으로도
쭈~욱 저희와 새로운 삶을 함께 해보자고요!

김대현 : 자신의 꿈을 향해 한 발짝씩 다가가는 용기에
박수 보냅니다. 용재님의 살아 숨 쉬는 사상이
많은 분께 울림이 되기를 바라며 힘! 그리고
더 나아가서 시인 등단도 하시길 기원합니다!

김승천 : 자신의 꿈을 포기하지 않는 용재형의 모습에
도 나도 새로운 도전을 시작할 용기를 내 봅
니다! 용재 형 파이팅!

정진희 : 힘든 삶 속에서도 시집을 손에 꼭 쥐고 다녔
던 오빠의 모습을 지켜보며 묵묵히 꿈을 향해
걸어온 오빠의 시간을, 노력을 응원합니다!

허진옥 : 내 동생 우리 용재, 묵묵히 오랫동안 준비해
온 너의 노력이 이제야 비로소 결실을 맺게
되는구나, 진심으로 축하한다. 너의 글을 통
해서 많은 사람들이 꿈을 다시금 꿀 수 있는
멋진 시집이 되었으면 좋겠다. 우리 친구 용재
의 또 다른 인생을 항상 응원합니다 파이팅!

현효성 : 용재 형님의 꿈을 이루게 되어 축하드럽니다.
첫 번째 시집출판! 너무 기쁘고 행복합니다!
건강하시고 더 많은 글을 쓸 수 있기를!

윤지홍 : 용재 형님 꿈을 향해 한발 한발 다가가는 모
습이 정말 멋지십니다. 항상 형님을 지지합니
다. 용재 형님 파이팅!

차지현 : 이렇게 시집으로 나올 수 있게 되어 정말 기
쁘고 행복합니다! 앞으로도 용재 선생님의 시
를 함께 응원하겠습니다.

시집이 나오기까지

용재 님을 만나 함께 꿈을 찾았습니다.

  용재 님의 꿈을 실현하기 위해 많은 사람들과 함께
계획 및 응원하는 시간을 가졌습니다.

김대현 : 출판사 정보 알려주기

허진옥 : 출판 비용 후원!

그 외 : 참여한 인원 모두 카카오톡 단톡방 개설하여
          정보 주고받기

장애인으로 살며 담아낸 세
상 이야기, 시집이 되다.
시인 김용재님의 첫 시집 출간
펀딩
오마이   2019.11.28 종료

시집 출판을 위한 펀딩을 시작했습니다.

펀딩은 "오마이컴퍼니"에서 1달간 진행되었습니다.

오마이컴퍼니를 통해 시집 제작에 함께해주신 분들
은 다음과 같습니다.

차지현, 현효성, 박송이, 윤지홍, 안형진, 박희린,

이아름, 임진아, 손정성, 정해중, 최현식, 신혜조,

서지은, 이소나, 정진구, 김영미, 김현안, 김효성,

김지용, 김승천, 정미선, 이웅호, 정선화, 김주희,

임종윤, 박영자, 정금구, 정재석, 김충현, 신선미,

이은지, 안형준, 임진영, KIMCHERRYJOOHYUN,

hailey, Knou158671

그리고 서울특별시 지원으로 시집이 제작되었습니다.